えんぴつはだまってて 2

駄菓子屋《だがしや》をまもれ!
つくも神大作戦

あんずゆき・作
たごもりのりこ・絵

もくじ

だがし

プロローグ

ここは、百年以上《ねんいじょう》の歴史《れきし》をほこる都有小学校《とあるしょうがっこう》。

その木造校舎《もくぞうこうしゃ》は、もちろんおんぼろ。

ろうかを走《はし》ったらガタピシ鳴《な》るし、教室《きょうしつ》の引《ひ》き戸《ど》は、あけるたびにガタガタと、にぎやかな音《おと》をたてる。

みんな、「夜《よる》になったらおばけが出《で》そう」なんて思《おも》ってる。

でも、みんなが行《い》くのは昼間《ひるま》だから、そんなの関係《かんけい》ない……ね？

都有小学校

1　ぴっちゃんがすねたわけ

電気《でんき》スタンドをつけると、つくえの上《うえ》がパッと明《あか》るくなった。目《め》の前《まえ》には、こいみどり色《いろ》の、じみなえんぴつがころがっている。使《つか》いさしで、半分《はんぶん》よりちょっと短《みじか》い。

わたしは、少《すこ》しのびた髪《かみ》を耳《みみ》にかけ、えんぴつに話《はな》しかけた。

「ねえ、ぴっちゃん。いいかげん、出《で》ておいでよ」

えんぴつから、まのぬけた声《こえ》がした。

「いやや～」

はーっと、わたしはため息《いき》をつく。

じつは、このさえないえんぴつ、どうやら百年以上《ねんいじょう》生《い》きてるらしくて、つくも神《がみ》という、へんな妖怪《ようかい》がついている。

つくも神《がみ》は古《ふる》いものにつくっていうけど、このえんぴつについているやつは、見《み》るからにしょぼくって、ちーっともこわくない。ただし、すぐにおこるし、ヘソを曲《ま》げる。単純《たんじゅん》だけど、とりあつかいは要注意《ようちゅうい》だ。

あーあ、小学校《しょうがっこう》の第《だい》二備品室前《びひんしつまえ》にころがっていたこのえんぴつを、なにげにひろってしまったのが、運《うん》のつき……と最初《さいしょ》は思《おも》ったけど、今《いま》じゃ、つくも神《がみ》、つまりぴっちゃんのことを、かわいいと感《かん》じちゃってたりする。

なれるって、こわい。

もっとも、クラス一の秀才《しゅうさい》、リカオだって、クラス一のおバカ、チュータだって、最初《さいしょ》はふるえまくってたけど、今《いま》じゃ、ぴっちゃんといっしょに、とーってもなかよく学校《がっこう》に通《かよ》ってるんだから、だれだって、妖怪《ようかい》なれはするのだ。

とにかく、あのへんな顔《かお》も、へんなすがたも、もうなんてことない……どころか、そばにいないと、カレー粉《こ》の入《はい》っていないカレーを食《た》べているようで、まるでものたりない。だから、こうしてぴっちゃんが、えんぴつから出《で》てこないとなると、意《い》地《じ》になる。

「ねえ、ぴっちゃん。出《で》てこないなら、えんぴつすてるよ」

わたしは、えんぴつの先《さき》をピンと指《ゆび》ではじく。すてる、ってつくも神《がみ》のいちばんいやがる言葉《ことば》だから、きっとあわてて出《で》てくるはず、とふんだのに——。

「どうぞ」

ダメか。それなら、つぎの手《て》でいってみよう。

「もう。妖怪《ようかい》のくせに、すねてどーする」

「はあ？　妖怪《ようかい》のくせに？」

えんぴつがパッと消《き》え、目《め》の前《まえ》にみどり色《いろ》のあいつがふわりとういた。

「えっちゃん。そのいい方《かた》、しつれいやろ！」

ふっふっふ、これでよし。なにしろぴっちゃんは、すぐおこる。ぴっちゃんを登《とう》場《じょう》させる方法《ほうほう》そのイチ、すてるっていう。そのニは、おこらせる。って、わたし、

こいつのトリセツ書《か》けるかも〜。ついでにいうと、登場《とうじょう》したらおだてること。そしたら、めちゃくちゃあつかいやすい。

たとえば今《いま》だって――。

「あっそう。それはしつれいしました。でも、よーかった」

わたしはぴっちゃんに、にっこりとやさしい笑顔《えがお》をむけた。

「はあ？　なにがよかったん？」

ぴっちゃんの顔《かお》が、ぐっと近《ちか》づく。

「もちろん、ぴっちゃんが出《で》てきてくれたからよ。うふっ」

わたしが小首《こくび》をかしげたら、たちまちぴっちゃんは、

「わあ、うれしいことというなあ」

と、みどり色《いろ》の衣《ころも》をふわふわゆらせ、てんじょうまでのぼっていった。

ほらね。わたしって、そうとうまく、つくも神《がみ》を飼《か》いならしているかも。もしかしたら、どうしてすねたのかも、もうわすれてるんじゃないだろーか。と思《おも》った

けど、おぼえていた。

「そやけどな、えっちゃん」

茶色《ちゃいろ》のでこぼこ顔《がお》が、

また目《め》の前《まえ》にせまってくる。

「なにさ」

わたしは、わざとムシして

ベッドにねころがる。

「みんなして、シャーペン

つこてるって、なんでやねん」

「なんで、って、なにつかおうが

自由《じゆう》でしょ」

「なんでえんぴつ、

つかえへんのや！　おかしいやろ！」

「だって、いちいち
けずんなくていいもん」
そのひとことに、
ぴっちゃんがキレた。
「もうえぇ！」
えんぴつのしんみたいな
歯《は》をむきだしてどなるそのすがたは、
意外《いがい》と妖怪《ようかい》らしい……、
なーんて思《おも》いながら、
わたしも負《ま》けずに
いってやった。
「おこってばかりいたら、
きらいになっちゃうよ！」

ころん、とつくえの上《うえ》に、えんぴつがころがった。

あーあ、またすねた。

ただでさえ、チュータのことで頭《あたま》がいたいのに……。

そう、チュータのこと。

じつは、クラスのボス、ヒラタケに、チュータがいじめられている。

ちなみにヒラタケは、本名《ほんみょう》がヒライノリタケで、家《いえ》は金持《かねも》ちらしくて、勉強《べんきょう》もそこそこできる。体《からだ》もデカい。態度《たいど》もデカい。

だから、表向《おもてむ》きは『ヒライくん』だけど、わたしたち三人組《にんぐみ》は、かげではヒラタケとよんでいる。キノコみたいな髪型《かみがた》してるから、ぴったりだし。

ところが、うっかりもののチュータは、

「ねえ、ヒラタケ……くん」

なんて、ぽろりといっちゃうから、ヒラタケは、

「おまえ、おれのなまえしってるだろーが」

って、肩《かた》をこずく。何回《なんかい》も、何回《なんかい》も。

そもそもヒラタケは、チュータとなかがよかった。たぶん、チュータがヒラタケのいいなりだったからだと思《おも》うけど。

そのチュータがこのごろ、わたしやリカオとなかよくなっちゃったから、おもしろくないみたい。

とくに最近《さいきん》、チュータが第二備品室《だいびひんしつ》のガラクタのなかから見《み》つけたけん玉《だま》を、だいじに持《も》ち歩《ある》いているのが気《き》にいらないのか――じつはこれにもつくも神《がみ》がついているわけだけど――ヒラタケは、わざとらしくチュータにからんでくる。

「なんだよ、そのしょぼいけん玉《だま》。ほらこれ見《み》ろよ。おれなんか、金色《きんいろ》にかがやくスーパーけん玉《だま》だぜ。三千万円《まんえん》もしたんだからな」

そういって、これ見《み》よがしに、ひょいひょいと技《わざ》を決《き》める。

もちろん三千万円《まんえん》なんてウソっぱち。でも、三千円《えん》だとしても、ひょえーって目《め》をむく高級品《こうきゅうひん》だ。

いいのを持《も》ってんだから、はりあわなくてもいいのに、なにがおもしろいのか、ヒラタケは、どんどんエスカレートしていく。

この前《まえ》なんて、

「おい、チュータ。遊《あそ》んでないで、勉強《べんきょう》しましょう。おバカのままじゃ、そのうちリカオくんにきらわれるぜ」

といって、チュータの手《て》からけん玉《だま》をもぎとり、教室《きょうしつ》の窓《まど》からほうりなげた。

うわああ、うわああ！

チュータは、半《はん》べそをかきながら、あわてて校庭《こうてい》に走《はし》っていった。

それでもなんとか見《み》つけて、ていねいにふいて、なでなでしていたら、ヒラタケは、つぎの日《ひ》もまた、チュータの手《て》からけん玉《だま》をひったくってどこかにかくした。

「返《かえ》してくれよ！」

チュータが、必死《ひっし》にそういってもへらへら笑《わら》うだけ。

結局《けっきょく》、わからないままで、放課後《ほうかご》にチュータが教室《きょうしつ》のすみずみをさがしていたら、

そうじ道具入《どうぐい》れから、
キキッ、キキッ
って鳥《とり》みたいな声《こえ》がして、ひとりと一ぴき、ぶじに再会《さいかい》できた。

それでも糸《いと》が切《き》れそうになっていて、チュータは持《も》って帰《かえ》って、自分《じぶん》で直《なお》したんだけどね。

そんな毎日《まいにち》なのに、チュータは、ヒラタケにからまれたら、いつものおバカぶりはふっとんで、とっても緊張《きんちょう》した顔《かお》でへーこらしてる。

あんまりなとき、わたし、

「ヒラタケに、ひとことといってやろうか」

っていうんだけど、チュータは目《め》をきょろきょろさせ、声《こえ》を落《お》として、

「えっちゃん、おさえて、おさえて」だって。

はあ？　だれのためにおこってるのか、わかってんの？

2 駄菓子屋《だがしや》の怪《かい》

「ふう、おいしかった」

給食《きゅうしょく》のカレーをたいらげてスプーンを置《お》いたら、前《まえ》の席《せき》にすわっているチュータが、ぐいっと体《からだ》をねじってはなしかけてきた。

「えっちゃん。シャッター商店街《しょうてんがい》のなかにある駄菓子屋《だがしや》、最近《さいきん》、行《い》った？」

「うーん、このごろは行《い》ってないけど」

わたしは、うすぐらい商店街《しょうてんがい》を頭《あたま》に思《おも》いうかべた。

細《ほそ》い路地《ろじ》をはさんで両側《りょうがわ》にお店《みせ》がならび、車《くるま》は入《はい》れない。むかしはにぎやかだったようだけど、今《いま》は、ほとんどシャッターがおりているから、みんな、シャッター商店街《しょうてんがい》といっている。

シーンと静《しず》まりかえった商店街《しょうてんがい》で、あいているのは、そのまんなかあたりにある駄《だ》菓子屋《がしや》、ラーメン屋《や》、それから電気屋《でんきや》と、おまんじゅう屋《や》くらいだ。

「で、駄菓子屋《だがしや》さんがどうかしたの?」

わたしがきいたら、チュータは、ここぞとばかりに体《からだ》をのりだしてきた。

「こわ〜い声《こえ》が聞《き》こえるんだってよ、ひとーつ、ふたーつ、みっつー、って」

白目《しろめ》になって、手《て》をだらりとさげる。ゆうれいは見《み》たことないけど、たぶん、ほんものよりコワイ。

「ふうん。それってだれから聞《き》いたのさ」

「メンタローだよ」

メンタローは、駄菓子屋《だがしや》の手前《てまえ》にあるラーメン屋《や》のひとりむすこ。ほんとうのなまえは健太郎《けんたろう》だけど、メンみたいに細長《ほそなが》い子《こ》だから、みんなメンタローってよぶ。ちなみに、店《みせ》のなまえは、メンジローだ。

メンタローは、顔《かお》も体《からだ》も丸《まる》っぽいチュータと似《に》たりよったりのおバカだけど、絵《え》がめちゃくちゃうまくて、将来《しょうらい》、お店《みせ》をつぐか、イラストレーターになるか、真剣《しんけん》になやんでいるらしい。

「そのこわ〜い声《こえ》って、どんな声《こえ》？」

となりにすわっているリカオが、話《はなし》に首《くび》をつっこんできた。

チュータが「しらねーよ」というので、三人《にん》で、いちばんうしろの席《せき》にいるメンタローに話《はなし》を聞《き》いた。

「高《たか》くて細《ほそ》い声《こえ》だよ」

メンタローが、「たぁ〜す〜にぃ〜」と、その声《こえ》を再現《さいげん》する。こわいというより、かわいらしい声《こえ》だ。
「なんだ、それ。
だれかがふざけてんだろ」
チューターがいうと、
メンタローは、大《おお》きく
首《くび》を横《よこ》にふった。
「ううん。お客《きゃく》さんが
いないときにかぎって、
聞《き》こえるんだよ。ぼく、
塾《じゅく》とか、習《なら》い事《ごと》とか、
しょっちゅう前《まえ》を通《とお》るから、
その声《こえ》、何回《なんかい》も聞《き》いちゃってさ。
おばあちゃんにいったけど、

おばあちゃんは聞《き》いたことがないっていうんだ」

「じゃあ、メンタローの空耳《そらみみ》かも?」

わたしがたずねると、メンタローは、ブルッと体《からだ》をふるわせた。

「ちがうちがう。おれだけじゃない、ほかの子《こ》にもいわれたって、おばあちゃんいってたもん。なんかこわくね? 怪奇現象《かいきげんしょう》じゃん」

そのとき、えんぴつが、わたしのポケットのなかで、もぞもぞと動《うご》いた。

「だめ、今《いま》はだまってて!」

わたしはあわてて、ポケットをポンとたたく。

メンタローがきょとんとして、きいた。

「え? 今《いま》はだまってたほうがいいの?」

「あ、あの。そうね。うっかりしゃべってうわさになったら、駄菓子屋《だがしや》さんにもメンジローにもお客《きゃく》さんが行《い》かなくなるでしょ」

冷《ひ》や汗《あせ》をかきながらごまかすと、メンタローは、うんうんとうなずいた。

「そうだよな。あの商店街《しょうてんがい》、うす暗《ぐら》いし、キミが悪《わる》いといって、ますます人《ひと》がこなくなってんだもんなあ。メンジローも閉店《へいてん》の危機《きき》だよ」

リカオが、しずかに口《くち》をはさんだ。

「危機《きき》はともかく、なぜお客《きゃく》さんがいないときにかぎって声《こえ》がするのか。真実《しんじつ》をしりたくてうずうずします。とにかくお店《みせ》に行《い》ってみましょう」

チュータがすぐさま反応《はんのう》した。

「おれ、真実《しんじつ》しりたくない。ま、長年《ながねん》のつきあいだから、駄菓子屋《だがしや》さんでお菓子《かし》買《か》って、それだけでいいならつきあってやっけど……」

「だね」

わたしも軽《かる》くうなずいた。

その日《ひ》の放課後《ほうかご》、わたしたち三人《にん》は、校庭《こうてい》のすみに集《あつ》まった。

「さっきの話《はなし》、高《たか》くて細《ほそ》い声《こえ》、というのが気《き》になるんです」

リカオが指《ゆび》でメガネをくいっとあげた。

ぴっちゃんがふわりとあらわれて、わかったようなことをいった。

「おばけや妖怪《ようかい》は、いかにも、地獄《じごく》にいてまっせ〜、みたいな声《こえ》やもんな」

「けど、ぴっちゃんの声《こえ》、そんなことねえじゃん。ぬけてる……じゃなくて、いい声《こえ》でござんすよ」

チューターが、ヒラタケでこりているのか、ちょっとは考《かんが》えたセリフをはいた。

いやいや、まぬけな声《こえ》でしょ、と思《おも》いながら、わたしは、おばけと妖怪《ようかい》はどこがちがうのだろうか、と考《かんが》えてしまう。

「そのあたりをたしかめるためにも」

リカオの右手《みぎて》がわたしのシャツを、左手《ひだりて》がチューターのシャツを、同時《どうじ》にクッとひいた。

「調査《ちょうさ》はまず現場《げんば》から……ですが、ひとりじゃこわいから、ふたりもいっしょにおねがいします」

ぴっちゃんが調子《ちょうし》よく答《こた》えた。

「ええで～。おれさまが、ついてったる～」

3　へんなそろばん

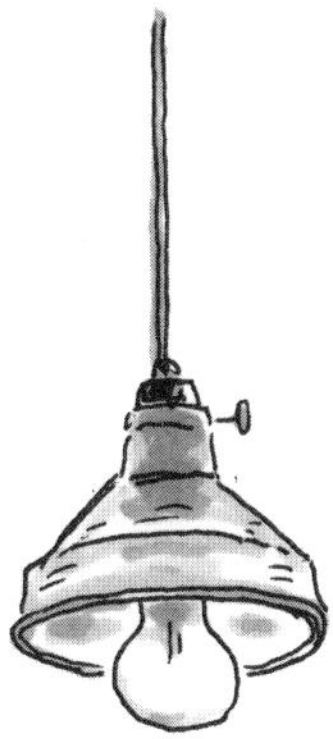

シャッター商店街《しょうてんがい》は、商店街《しょうてんがい》とは名《な》ばかりで、ほとんどのお店《みせ》はシャッターがおりたままだ。

せまい道《みち》をはさんで両側《りょうがわ》に店《みせ》がならび、アーケードは細《ほそ》い鉄骨《てっこつ》がのこっているだけで、雨《あめ》の日《ひ》は、もちろんカサがいる。

そんな通《とお》りを歩《ある》いていって、メンジローのとなり、電球《でんきゅう》がぽつんとともる駄菓子《だがし》屋《や》の前《まえ》に立《た》った。

ガラス戸《ど》をがらがらあけると、色《いろ》とりどりの駄菓子《だがし》がずらりとならんでいる。

チュータは、「わ、おれ、これがいい！」って、すでに駄菓子《だがし》に夢中《むちゅう》。

リカオは目《め》をうろうろさせて、まよってる。ほんと、見《み》ているだけで楽《たの》しい。

「いらっしゃい」

ぽっちゃりしたおばあちゃんが、丸《まる》イスにすわったまま、そんなわたしたちにほほえんだ。

「おれ、ベビースターラーメンとチョコ」

「ぼくは、のしイカにします」

「わたしは、ラムネとガムを買《か》おうっと」

三人《にん》がそれぞれ百円玉《えんだま》を出《だ》すと、おばあちゃんは、

「はい、ちょっと待《ま》ってね」

と電卓《でんたく》で計算《けいさん》して、おつりをくれた。

わたしは、（どうする？）って顔《かお》でリカオを横目《よこめ》で見《み》た。リカオが、ごくんとつばをのんだ。

「おばあちゃん、あのう……お店《みせ》でへんな声《こえ》がするって聞《き》いたんですけど」

おばあちゃんが、目《め》をしばたたかせた。

「あら、だれかに聞《き》いた？」

「はい。となりのメンタローー、いや、健太郎《けんたろう》くんに聞《き》いたんです」

「そう。わたしは聞《き》いたことがないんだけど、ほんとうに聞《き》こえるみたいなの。いやだよね。むすこには、店《みせ》もおしまいだな、なんていわれるし」

「いいえ。お店《みせ》をおしまいにしないために、ぼくが徹底的《てっていてき》に調《しら》べますから、安心《あんしん》してください」

「あらまあ。それはありがたいけど……」

リカオの能力《のうりょく》をしらないおばあちゃんは、本気《ほんき》にしていないようだけど、リカオの目《め》は、まっすぐにおばあちゃんを見《み》ていた。

「じゃ、今日《きょう》は帰《かえ》ろ。おばあちゃん、またきまーす」

わたしは先頭《せんとう》を切《き》って店《みせ》を出《で》た。

チョコをすでにかじっているチューターがうしろにつづく。リカオは、まだ店先《みせさき》から動《うご》かない。

「リカオ、行《い》こうよ」
そういってふりかえった
わたしは、「あっ！」と
さけんだ。
あの、かべにかかった
そろばんは……。
「ねえ、あれって、
ガラクタプレゼントに
出《だ》したやつじゃん！」
わたしはお店《みせ》の
かべを指《ゆび》さした。
それを見《み》て、リカオが、
「えっ！　あっ！」とさけび、

ぴっちゃんは、ポケットからふわんと飛《と》びだした。

「あー、おれさまとしたことが、なんで気《き》がつかへんかったんや」

そういって、とがった頭《あたま》を自分《じぶん》でポカポカぶっている。

ワンテンポおくれて、チューターが目《め》をむいた。

「はあ？　なにが？　あっ、あのそろばん！」

そう。かべにかかったそれは、第二備品室《だいびひんしつ》に三つあったそろばんのひとつだった。

少《すこ》し前《まえ》、第二備品室《だいびひんしつ》につめこまれていたガラクタを、クラスのみんなできれいにし、手《て》を入《い》れて、『ガラクタプレゼント』というフリーマーケットを開催《かいさい》したことがあった。

そのとき、三つのそろばんは、中学生《ちゅうがくせい》のおねえさんたちが、それぞれの玉《たま》をひとつずつみがいて、ピンク系《けい》と黄色系《きいろけい》と、いろんな色《いろ》のまじったカラフルなのと、それぞれとってもかわいくしあげてくれた。

駄菓子《だがし》を買《か》ったときには、まるで気《き》がつかなかったけど、店《みせ》のかべにかかっているのは、まさしくあの三つのうちのピンク系《けい》。上《うえ》にあるひとつしかない玉《たま》は青《あお》、下《した》にある四つの玉《たま》はどれもピンクにぬられている。

わたしはかけもどって、早口《はやくち》にたずねた。

「あのあの、おばあちゃん。このそろばん、ガラクタプレゼントに出《で》てたやつですよね？」

おばあちゃんは、「ええ、ええ」とうなずきながら、そろばんを手《て》にとった。

「あのときわたし、これを見《み》つけて、あんまりなつかしいものだから、いただいたのよ。むかしみたいに、お代金《だいきん》の計算《けいさん》ができたらと思《おも》ってね。だけどこれ、思《おも》うように動《うご》かなくて……」

「ん？　思《おも》うように動《うご》かないってどういうことですか？」

話《はなし》のとちゅうで、リカオがきいた。

「なんていうのかしら、ちゃんと計算《けいさん》できないというか、勝手《かって》に動《うご》くはずないんだけど、でもそんな感《かん》じでねえ」

「も、もしかして……」

リカオがわたしを見《み》た。わたしも、「やっぱり……」とつぶやく。

でもチュータはどんかん。

「もしかしてって？　やっぱりって？　なにが？」

さっぱりわかってないみたいだから、とりあえずムシして――。

「おばあちゃん、ちょっとそろばん使《つか》ってみてもらえます？」

わたしがたのむと、おばあちゃんは、

「じゃあ三人《にん》のお菓子《かし》の代金《だいきん》を計算《けいさん》してみようかね」

と、そろばんの横板《よこいた》にひとさし指《ゆび》と親指《おやゆび》を当《あ》て、シュッとすべらせた。

たちまち、青《あお》い玉《たま》が上《うえ》のわくにぴたっとくっつく。ピンクの玉《たま》四つは、そろって下《した》にピシッとおりた。

「えっと、まずは三十円《えん》……」

おばあちゃんがそろばんのピンクの玉《たま》を三つ、上《うえ》にあげた。とたんに、その玉《たま》が三つとも、ぴゅっと下《した》におりて、上《うえ》の青《あお》の玉《たま》が、ぱちっとおりた。はあ？　五十円《えん》ってこと？

三人《にん》して目《め》をむいた。ちゅうにういているぴっちゃんは、ヒヒヒヒ、とあやしげな笑《わら》い声《ごえ》をたてている。おばあちゃんには聞《き》こえないからいいけど、聞《き》こえたらおばあちゃん、きっと、「ヒーッ」とかいってたおれちゃう。

「つづけますね」

なにもしらないおばあちゃんは、そのままピンクの玉《たま》を二つ上《うえ》にあげた。と思《おも》ったら、四つともくっついてあがる。

あれれ。三十円《えん》足《た》す二十円《えん》が、九十円《えん》？　どういうこと？

「ほらね。いつだってこんなだから使《つか》えないのよ。なんでかしらねえ」

リカオの目《め》がきらりとひかった。

「あの、ぼくにちょっと見《み》せてもらえますか？」

リカオはそろばんをうけとって、ゆすってみたり、そっと玉《たま》を動《うご》かしてみたりしてから、おばあちゃんにいった。

「もしぼくを信用《しんよう》してくれるなら、このそろばん、いったんあずからせてもらえませんか？　ガラクタプレゼントを企画《きかく》したのはぼくなので、責任上《せきにんじょう》、ちゃんと使《つか》ってもらえるようにしたいんです」

おばあちゃんがにっこり笑《わら》った。

「じゃあ、ダメもとで、おねがいしようかな。ありがとね」

リカオは、むねをはってほほえみかえした。

「ダメにはしません。だいじょうぶです。待《ま》っていてください」

店《みせ》を出《で》たあと、わたしたちは、シャッター商店街《しょうてんがい》の先《さき》まで、もくもくと歩《ある》いた。

もうへんな声《こえ》の犯人《はんにん》はわかってる。

でも、わかってたって、ぴっちゃんみたいなおバカかどうかはわからない。

出《で》てきたとたん、パクッって食《た》べられちゃうかもしれない。

とがったつめで、ひきさかれちゃうかもしれない。

なんたって、つくも神《がみ》は妖怪《ようかい》なのだ。

リカオも同《おな》じことを考《かんが》えているのか、かたい顔《かお》をしている。

チューターは、もうチョコを食《た》べてしまって、今度《こんど》はベビースターラーメンのふくろをがさがさとあけはじめた。ほんと、ノーテンキ。

リカオがちょっぴりイラッとして、

「チュータくん、ちょっとぴっちゃんに話《はなし》を聞《き》きたいので、しずかにしてくださ
い」

と足《あし》を止《と》めた。

ぴっちゃんが、待《ま》ってましたとばかりに、ふわりとういた。

「はいはーい。リカオはん、なんでもきいて」

「ぴっちゃん、このそろばん、第《だい》二備品室《びひんしつ》にいたときには……つくも神《がみ》はついて

……いた？」

ぴっちゃんが、「あ、もちろんや」と、あたりまえのようにいった。

やっぱり。思《おも》わず息《いき》を止《と》めた。

ぴっちゃんが、あたりをきょろきょろしてから、声《こえ》をかける。

「おい、そろばん。今《いま》やったら、出《で》てきてもええで〜」

そろばんから、すっとんきょうな声《こえ》がした。

「え?! うち、出《で》てもええの？」

「ええで、ええで。ここにおる三人《にん》はおれさまの友《とも》だちや。だいじょうぶやで」

「や〜、うれし」

という高《たか》い声《こえ》とともにあらわれたのは、顔《かお》も体《からだ》も、そろばん玉《だま》の形《かたち》で、うすいピンクのふわふわした衣《ころも》をまとい、頭《あたま》に青《あお》いリボンをつけたつくも神《がみ》。

妖怪《ようかい》なれしちゃったわたしも、さすがにあとずさった。それまでノーテンキだったチュータは、おったまげて、しりもちをついている。リカオは、ヤモリみたいに、

シャッターにはりついている。

でも、ぴっちゃんだけは、そろばんのつくも神《がみ》のまわりをひゅんひゅんと飛《と》びまわり、やけにうかれた声《こえ》を出《だ》した。

「おおお！　そろばんはん。どないしたんや。めちゃくちゃべっぴんさんになってるやんか！　おれさま、うれしい。うれしすぎや〜」

4　そろばんに話《はなし》を聞《き》くと

「あ、あの、あなたがそろばんのつくも神《がみ》さん？」

わかりきったことを、わたしはきいた。

そろばんのつくも神《がみ》は、丸《まる》い目《め》をパチパチさせながら、ききかえした。

「うん、そやで。そういうあんたは、だれ？」

ぴっちゃんが、しゃしゃり出《で》る。

「あのな、この子《こ》はえっちゃんゆうてな。おれさまのあいぼうや」

はあ？　あいぼう？　ちがうでしょ、飼《か》い主《ぬし》でしょ、といいたいのを、ごくんとのみこむ。

そろばんのつくも神《がみ》は、「ふうん、ほな……」と、リカオとチューターに大《おお》きな丸《まる》い目《め》をむけた。

「そこのメガネの子《こ》は？　そっちの、しりもちついてる子《こ》は？　だれ？」

ぴっちゃんが、リカオのそばにふわりと飛《と》んだ。

「このメガネの子《こ》は、リカオくんゆうて、チョー天才《てんさい》なんや。んで、そっちの子《こ》は、チュータはん。けん玉《だま》がめっちゃうまいねん」

チュータが立《た》ちあがって、おしりをはたいた。

「うん。おれ、けん玉《だま》のおかげでさ、ヒラタケなんかに負《ま》けねえし」

「ヒラタケって、なに？」

そろばんのつくも神《がみ》が首《くび》をかしげる。

わたし、つい、くくっと笑《わら》ってしまった。

それを見《み》て、リカオは安心《あんしん》したみたい。ずれたメガネをかけなおし、そろばんのつくも神《がみ》に話《はな》しかけた。

「は、はじめまして。ぴっちゃんよりは、いや、同《おな》じくらい、かわいいつくも神《がみ》さんですね。となると……呼《よ》び名《な》は……んーっと、そろちゃん、ばんちゃん、ろばちゃん、そろばっちゃん――」

「呼《よ》び名《な》？　なにそれ？」

そろばんのつくも神《がみ》がまた首《くび》をかしげる。

ぴっちゃんが、じまんげにふんぞりかえった。

「なにをかくそう、呼《よ》び名《な》こそ友《とも》だちのあかし。おれさまはえんぴつやから、ぴっちゃんって呼《よ》ばれてるねん」

そろばんのつくも神《がみ》が、ほわっと笑《わら》った。

「へえ、ええなあ。あんたは、おっちょこちょいやから、その落《お》ち着《つ》きのない呼《よ》び名《な》、ぴったりやん。ほな、うちは、おしとやかやから、そろーりそろーり。うん、そろちゃんて呼《よ》んでくれます？」

チューターが、親指《おやゆび》をつきたてた。

「そろちゃん！　かわいい！」

リカオとわたしも、「じゃあ、決《き》まり！」と小《ちい》さく手《て》をたたいた。

道路《どうろ》のむこうを、おじいさんが、（なんだ？）って顔《かお》で見《み》ながら通《とお》りすぎていく。

おとなにはつくも神《がみ》が見《み》えないから、きっと、三人《にん》でもりあがってると思《おも》ったにちがいない。

「ところで」と、リカオがそろちゃんにきいた。

「お店《みせ》で、へんな声《こえ》がするって、もしかして、そろちゃんの声《こえ》ですか？」

そろちゃんが、

「へんな声《こえ》？　それ、しつれいちゃう？」

と、リカオにつめよった。あれれ、そろちゃん、意外《いがい》とコワイ。

「あ、はい……失言《しつげん》です。人《ひと》がいないのに、いい声《こえ》がする、と」

リカオのいいわけに、そろちゃん、大《おお》きくうなずいてから話《はな》しはじめた。

「まあええけど。あのな。おばあちゃん、せっかく、うちがはりきってるのに、電《でん》卓使《たくつか》うねん。めっちゃくやしいやん」

すかさず、ぴっちゃんが、そろちゃんにすりよった。

「わかるわかる。おれさまもそうやねん。みんな、えんぴつ持《も》たんとシャーペン使《つか》うし、それどころか、タブレットとかいう、うすっぺらいやつが出《で》てきたら、みんな、シャーペンさえ使《つか》わへんのや」

べって。

あーあ。そろちゃんの話《はなし》を聞《き》いてるのに、また自分《じぶん》のことばっかりぺらぺらしゃ
「もう、ぴっちゃんは、だまってて！」

わたしがしかると、ぴっちゃんの顔《かお》がゆがみ、一瞬《いっしゅん》で消《き》えた。と思《おも》ったら、地面《じめん》にえんぴつが転《ころ》がっていた。

はー、またか……。

わたしは、大《おお》きなため息《いき》をつきながら、えんぴつをポケットに入《い》れた。

「あいかわらず、すねるん好《す》きやねえ」

そろちゃんが、くくっと笑《わら》ってから、真顔《まがお》になった。

「うち、電卓《でんたく》のせいで
たいくつしてるねん。それで、
またおばあちゃんがつこてくれる
ときのために、せっせと練習《れんしゅう》
してたんよ。五足《た》す二十足《た》す八十、
とか、いーっぱい計算《けいさん》しててん」
　リカオが「なるほど」と
うなずいた。
「その声《こえ》をメンタローくんが
聞《き》いたんですね。じゃ、それは
解決《かいけつ》したとして、おばあちゃん、
そろばんを使《つか》いたいのに、
正確《せいかく》に動《うご》かないって

こぼしてましたよ。それは、なぜ？」

そろちゃんは肩《かた》を落《お》とした。

「そやかて、お店《みせ》、ちーっともうかってないし。なんせ、あのへん、シャッター商店街《しょうてんがい》っていうんやろ。お客《きゃく》さんも、たまにしかけえへんし。それやったら、ワンチャンスやん。ちょっとでもおばあちゃんがもうかるように、うちがきばらんと――て思《おも》てんけど、あかんかった？」

「きばった？　どういうこと？」

「え……そやから、ほんとよりちょっと高《たか》めに……」

「そんなことしたらダメじゃん！　だからおばあちゃん、計算《けいさん》が合《あ》わないからって、あんたを使《つか》わなくなったんでしょ」

わたしがつい、きついいい方《かた》をしたものだから、そろちゃんの大《おお》きな目《め》に、みるみるなみだがたまった。

「えっ！　そ、そうなん？　うちはおばあちゃんのことを……ぐすっ」

「えっちゃん!!」

大《おお》きな声《こえ》がして、ふたたび、ぴっちゃんがあらわれた。

「あのな。そろばんは、悪気《わるぎ》があってやったんちゃうで。もとはといえば、おばあちゃんのためにやったことやで！」

「ぴっちゃん、おさえておさえて」

チュータが、ぴっちゃんをなだめる。そろちゃんも、

「えんぴつはん、いくらうちが美人《びじん》やからって、かばってくれんでもええんよ。けど、おおきに」

と、ぴっちゃんにウインクしてる。

そんなあいだにも、リカオは、あごに手《て》をあてて考《かんが》えていた。

「そもそもは、お店《みせ》にお客《きゃく》さんが少《すく》ないから、そろちゃんも、なんとかしたい、って思《おも》ったんだよね。ってことは、もっとお客《きゃく》さんがくれば解決《かいけつ》する？」

そろばんが、ううん、と首《くび》をふった。

「それもやけど……うち、かべにかけられたままは、いややねん。おばあちゃんに、つこてほしいねん」

うーむ、とみんなして考《かんが》えこんだ。

でも、リカオはいいきった。

「もうむりかも。おばあちゃんは、そろばんがおかしいと思《おも》っていますから」

「リカオはん、なんとかしたってぇや」

ぴっちゃんが両手《りょうて》を合《あ》わせた。

めずらしくリカオがいいかえした。

「あのね。ぼく、ふしぎに思《おも》うんだけど、そろちゃんのねがいを、ぴっちゃんは、どうしてぼくにたのむの？　つくも神《がみ》って『神《かみ》』がついてるほどの妖怪《ようかい》なのに、なにもできないの？」

「そういわれたら、そうだよね」

わたしが合《あ》いの手《て》を入《い》れると、チュータも声《こえ》をはりあげた。

「ほんとだー。ぴっちゃんって、えらそうにしてるだけじゃん」

そろちゃんは、くくく、と笑《わら》い、ぴっちゃんは、

「な、なんやて！」

と、くやしそうに、ぎりぎりと黒《くろ》い歯《は》をかんだ。

わたしは、あらためて二ひきのつくも神《がみ》を見《み》つめた。

ざんねんながら、どっちもイマイチぱっとしない妖怪《ようかい》だ。

でも、そのぶんこわくないから、ま、いいか。

5　その夜《よ》は満月《まんげつ》だった

そろばんは、とりあえずリカオに引《ひ》き取《と》られ、それから二日《ふつか》ほどたった夜《よる》。

ぴっちゃんは、またまたつまんないことですねて、えんぴつから出《で》てこない。

わたしとしては、出《で》てこないほうが学校《がっこう》でも家《いえ》でも静《しず》かでらくちん。たいへんありがたい。

ぴっちゃん中毒《ちゅうどく》なんて、まちがった思《おも》いこみ。もうしーらない、と思《おも》ってつくえの上《うえ》をふと見《み》たら、えんぴつがなかった。

な、なんで？　ま、まさか家出《いえで》？

あわててあちこちさがしたけど、家《いえ》の中《なか》のどこにもいなくて、そのとき、

「うぉ――――！」

って、聞《き》きおぼえのある、まのぬけた声《こえ》が窓《まど》のむこうから聞《き》こえてきた。

え？　と思《おも》って、そっと外《そと》をのぞくと、あれれ、ぴっちゃんが、お月《つき》さまにむかってむねをそらし、あごをあげ、また
「うぉ――――！」ってほえている。

思《おも》わず窓《まど》をがらりとあけて、

「なにやってんの？」

とたずねたら、ぴっちゃん、ふわりとへやのなかにもどってきた。ちょっぴりふんぞりかえって、

「今日《きょう》は満月《まんげつ》。おれさま、パワー倍増《ばいぞう》や」

と、オオカミ男《おとこ》にでもなった気分《きぶん》なのか、

めずらしくあらあらしい声《こえ》でいった。

へえ、今日《きょう》って満月《まんげつ》なんだ、と、もう一度窓《どまど》の外《そと》、こん色《いろ》と灰色《はいいろ》がまじったような空《そら》を見《み》あげた。

そのどまんなかに、まんまるの大《おお》きなお月《つき》さまが、デンとういている。

「ねえ、ぴっちゃん。満月《まんげつ》と妖怪《ようかい》って関係《かんけい》あるの？」

わたしがきくと、ぴっちゃんは、黒《くろ》くてとがった歯《は》をむきだし、いちおう、おそろしげな顔《かお》をした。

「とうぜんや。満月《まんげつ》にはあやしい血《ち》がさわぐ。オオカミ男《おとこ》と満月《まんげつ》はセットやけど、妖怪《ようかい》かて、満月《まんげつ》のたびに血《ち》がさわぐんや」

血《ち》がさわいで、どうなるわけ？　見《み》たかぎりでは、あいかわらず迫力《はくりょく》のない妖怪《ようかい》だけど？

そういえば、そろちゃん、リカオんちでどうしているのかしら……。

と思《おも》っていたら、ママがへやのドアを小《ちい》さくあけて、にんまり笑《わら》いかけた。

「えりか、リカオくんから電話《でんわ》よ。うれしいわね」

「なに、笑《わら》ってんの」

わたしは、わざとふきげんな顔《かお》で家電話《いえでんわ》の子機《こき》をひったくる。

「もしもし」

いったかいわないかのうちに、リカオの大声《おおごえ》が耳《みみ》にささった。

「えっちゃん！　そろちゃんがいなくなっちゃった！」

「えー！　なんで？」

「それが……さっぱりわからないんだ。ぼくは、つくえの上《うえ》にそろばんを置《お》いた。その記憶《きおく》ははっきりしてる。それなのに、どこにもいないんだ。家族《かぞく》三人《にん》、そろって食事《しょくじ》をしていたから、だれかがそろばんを持《も》っていくなんてありえないし、さすがのぼくも、わけがわからないよ」

「へんねえ。そろちゃんが勝手《かって》に消《き》えることってあるのかなあ……」

そういった瞬間《しゅんかん》、ぴっちゃんが、ひゅっとそばにきた。

「たぶん……」

「ん？　ぴっちゃん、なにかしってんの？」

「あいつ、きっと行《い》ったんや。つくも神《がみ》の集《あつ》まりに」

「えっ、つくも神《がみ》の集《あつ》まり？」

わたしがそういうのと同時《どうじ》に、電話《でんわ》のむこうでリカオがさけんだ。

「え――、それ、どういうことですか？」

ぴっちゃんが、リカオにも聞《き》こえるように、声《こえ》のボリュームをあげた。

「じつはな。つくも神《がみ》は、満月《まんげつ》の夜《よる》に小学校《しょうがっこう》の校庭《こうてい》に集《あつ》まって、お月《つき》さんからエネルギーをもらいながらはげましおうてるんや。おれさまは、このごろめんどくさなって、行《い》ってへんけどな」

「小学校《しょうがっこう》の校庭《こうてい》だね！」

リカオがねんをおし、それからわたしに、口早《くちばや》にいった。

「えっちゃん。今《いま》から、家《いえ》をぬけだせる？　ぴっちゃんのいうとおりなら、ぼくは、そろちゃんをさがしにいかなきゃ……だけど、ひとりじゃこわいし……。あ、チュータくんにも電話《でんわ》してみます」

「わかったよ！」

わたしは電話《でんわ》を切《き》って、えんぴつをポケットにつっこんだ。そうっとへやのドアをあけ、玄関《げんかん》をあけ、外《そと》に出《で》る。

ママが心配《しんぱい》したらいけないから、つくえのうえに、

「リカオのペットをさがしにいきます。きっとすぐに見《み》つかるから」

と書《か》いておいた。ウソは、ほとんどついてない。

風《かぜ》にさからって、一生《いっしょう》けん命《めい》わたしは走《はし》った。暗《くら》い道《みち》はこわい。妖怪《ようかい》といっしょにいるんだけど、おばけが出《で》てきたらどうしよう、と思《おも》う。

だから、リカオとチュータが見《み》えたときは、ほんとうにホッとした。

「チュータも、きてくれたんだね」

わたしがいうと、チュータは、ううんうん、と首《くび》を横《よこ》にふった。

「おれっちもけん玉《だま》がどこにもいなくってさ。おれ、ハッキョーしそうだったんだ。もしかして、ヒラタケにすてられたのか？　って。だからリカオに電話《でんわ》もらって、思《おも》わず家《いえ》をとびだしてきた」

リカオが、不安《ふあん》そうにつぶやいた。

「んん。もし校庭《こうてい》にいなかったら、ぼくは……」

ポケットのなかで、ぴっちゃんのおこった声《こえ》がした。

「もお！　おれさまが、だいじょうぶや、ってゆうてるやろ！」

ああ、やばいやばい。ここでおこらせたら、

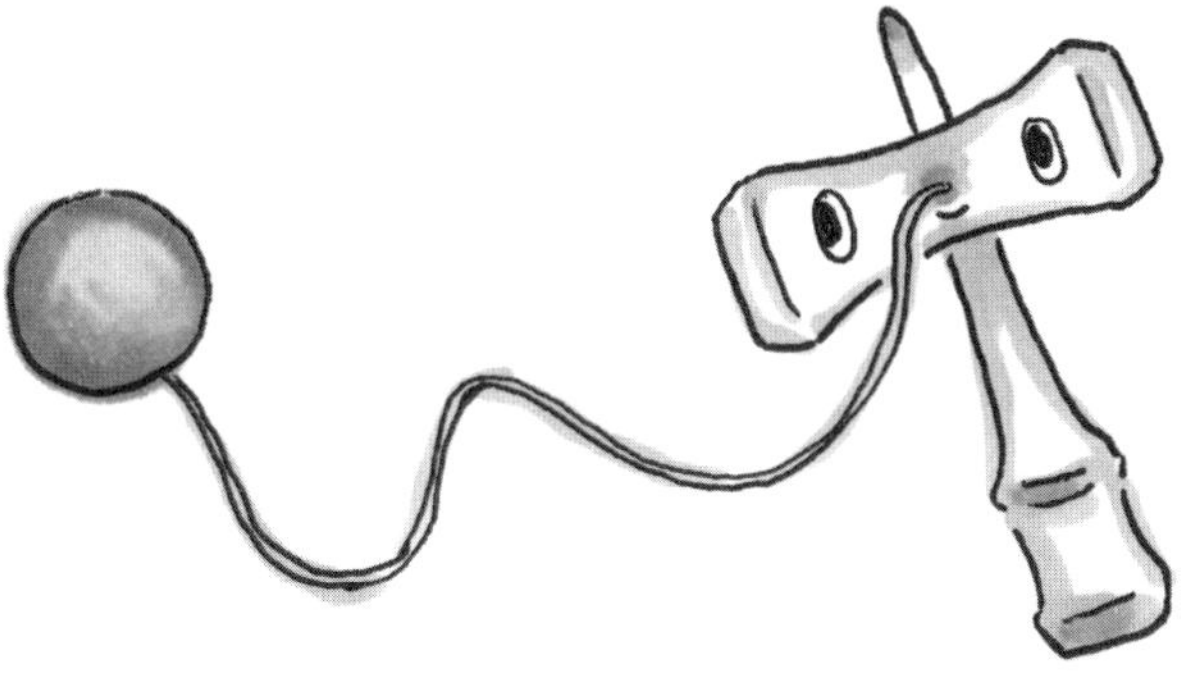

めちゃくちゃややこしくなる。

わたしは、ふたりの背中《せなか》をおしながら、陽気《ようき》な声《こえ》を出《だ》した。

「さあ、行《い》こ行《い》こ。ぴっちゃんがそういうんだから、まちがいないよ」

そうして、息《いき》を切《き》らせて学校《がっこう》まで走《はし》っていったのに、校門《こうもん》はカギがかかって、おしてもひいても、ぴくりとも動《うご》かなかった。

でも、そのむこうから、波《なみ》の音《おと》に似《に》たざわめきがひびいてくる。

「集《あつ》まってるみたいだけど、これじゃあ入《はい》れないね」

わたしがいうと、ぴっちゃんがふわんとあらわれた。

「まかせとき。こんなカギ、おれさまにかかったら、ちょちょいのちょいや」

にんまり笑《わら》いながら、カギに黒《くろ》くてとがった指《ゆび》をひっかけ、ピン、とはじく。

カタン、とかわいた音《おと》をたてて、カギがあいた。

「どや」

「ありがと、ぴっちゃん！」

わたしたちは急《いそ》いで門《もん》をおしあけ、校庭《こうてい》に急《いそ》いだ。そして、目《め》の前《まえ》の光景《こうけい》に、思《おも》わず足《あし》を止《と》め、息《いき》をのんだ。

暗《くら》い空《そら》に、こがね色《いろ》の満月《まんげつ》が、こうこうとかがやいている。そのひかりをあびながら、ナベやヤカン、イス、やぶれた太鼓《たいこ》や三味線《しゃみせん》、カゴやザル——数《かぞ》えきれないくらいのつくも神《がみ》が校庭《こうてい》で、わやわやとおしゃべりをしていた。

パッと見《み》た瞬間《しゅんかん》は、さすがにひいた。でも、気持《きも》ちを落《お》ち着《つ》けて、そのおしゃべりを聞《き》いていたら、つらくなった。

「いまどきは、出番《でばん》がないから、ひまやで～」

「古《ふる》いもんは消《き》えろっていうことですなあ」

「つまらんなあ」

そんななかに、がっちゃんがいた。ホネホネの白《しろ》い体《からだ》に満月《まんげつ》のひかりが当《あ》たって、ひときわ目立《めだ》っている。

「あ、あいつ……」

ぴっちゃんがひゅっと飛《と》んで、黒《くろ》くてとがった指先《ゆびさき》で、がっちゃんのずがいこつを、ツン、とつついた。

「おい、ホネホネ。おまえも理科室《りかしつ》から出《で》てきたんか」

がっちゃんが、目《め》のない目《め》をぴっちゃんにむけた。

「おお、えんぴつやないか。めずらしいな。えっちゃんにひろてもろて、もうみんなのこと、わすれてるやろ」

ぴっちゃんが、ムッとした。

「はあ？　おれさまがわすれるわけないやろ！」

もう、おこってる場合《ばあい》じゃないでしょ。

「ちょっとぴっちゃん。わたしたち、そろちゃんとけん玉《だま》をさがしにきたんだよ。

それ、わすれてない？」

「そやった。こんなやつとしゃべってられへんわ」

ぴっちゃんは、ふん！　と、がっちゃんにそっぽをむいて、それから三人《にん》と一ぴきで、集《あつ》まっているつくも神《がみ》のなかをぬうようにして歩《ある》きまわった。

「そろちゃーん」

「けん玉《だま》やーい」

目《め》をこらしてさがしていると、第《だい》二備品室《びひんしつ》にいた黒電話《くろでんわ》を見《み》かけた。柱時計《はしらどけい》も、タンバリンやカスタネットもいる。みんな、きれいになったすがたで、ひときわ元《げん》気《き》そうだ。

「でも、そろちゃん、いませんね……」

リカオが肩《かた》を落《お》とす。

「おれのけん玉《だま》もいねえよ。おれ、あいつと遊《あそ》んでてサイコーに楽《たの》しかったのによ。ぐすっ」

そのとき、とつぜん高《たか》い声《こえ》がした。

「ぼくも、チュータはんと毎日《まいにち》遊《あそ》んで楽《たの》しいで～」

見《み》ると小《ちい》さなけん玉《だま》が、つくも神《がみ》たちのあいだから顔《かお》を出《だ》している。

「あ、おれのけん玉《だま》！」

チュータがかけよると、けん玉《だま》はするりとかわして、きゃっきゃと楽《たの》しそうににげまわった。

チュータもすっかり妖怪《ようかい》なれして、ほんと、なかよくやってるじゃん。

で、そろちゃんはどこ？　と思《おも》ったら、がっちゃんのすぐむこうにいるのをぴっちゃんが見《み》つけた。

「おおお、そろちゃん！　そこにおったんか。さがしたで〜」

リカオが、へなへなとその場《ば》にへたりこんだ。

「ああ、よかった。おばあちゃんにどういってあやまればいいのか……って、ぼくは、生《い》きた心地《ここち》がしませんでした」

そろちゃんが、一瞬《いっしゅん》でリカオのそばにきた。ピンクの衣《ころも》をふわりとゆらして、リカオに手《て》を合《あ》わせる。

「リカオはーん。心配《しんぱい》かけてごめんやで〜。うち、役立《やくた》たずでへこんでるから、満《まん》月《げつ》の夜《よる》はここにきて、お月《つき》さんのパワーもろて、みんなとグチゆうて、それでやっと生《い》きてるねん」

それを聞《き》いた黒電話《くろでんわ》が、頭《あたま》のうえの受話器《じゅわき》をぶるんぶるんふるわせた。

「そうやそうや。みんな出番《でばん》がのうて、なかまとはげましおうて、やっとこさ生《い》きてるんや」

ん？　妖怪《ようかい》なのに、生《い》きてる？　たしかに、死《し》んでたら動《うご》かないし、しゃべらないけど……。

わたしが考《かんが》えこんでいるあいだも、黒電話《くろでんわ》は話《はな》しつづけた。

「わしは、腹立《はらた》ってしゃーない。なにがスマホや、ケータイや。黒電話《くろでんわ》があってこその今《いま》やろ。先祖《せんぞ》をもっと大事《だいじ》にせんかい」

そろちゃんが、黒電話《くろでんわ》のいかつい肩《かた》をなでた。

「わかるよ〜。ほんま、ただ生《い》きのびてるだけやったら、つまらんのよねえ」

先祖

そうなんだ……。

そういえば、第二備品室《だいびひんしつ》にほうりこまれたままだったモノたちも、『ねむたいばっかりや』とか、『つまらん、つまらん』っていってたっけ。どうしたらいいのかなあ。なにか、みんながスカーッとして、元気《げんき》になるようなこと、ないかなあ。

なんて思《おも》っていたら、リカオも、となりで首《くび》をひねっていた。

「うーむ。みんなが、生《い》きてて楽《たの》しいって思《おも》えること……」

そして、「そうだ！」と、目《め》をかがやかせ、みんなに語《かた》りかけた。

「ねえ、みんな。がんばるなかまを応援《おうえん》するって、どうですか？」

「がんばるなかま？　そんなんおるんか？」

「それって、だれやねん」

「んー、たとえば、チュータくんが、けん玉《だま》のつくも神《がみ》とタッグを組《く》んで、イマドキのけん玉《だま》に勝負《しょうぶ》をいどんだとしたら？」

ぴっちゃんがすぐにいった。

「そら、応援《おうえん》するに決《き》まってるやろ」

チュータが指《ゆび》で自分《じぶん》の鼻先《はなさき》をさしながら、きょとんとしている。

「え？　おれ？」

がっちゃんが、かっくんかっくん、ホネホネの体《からだ》をおって、チューターの顔《かお》をのぞきこんだ。

「チューターはん、やってみぃや。わし、応援《おうえん》するで」

「けど……イマドキのけん玉《だま》に勝負《しょうぶ》って？　ま、まさか……」

そんなチューターを横目《よこめ》に見《み》ながら、リカオが、ピンとひとさし指《ゆび》を立《た》てた。

「だいじょうぶだよ、みんながついてるから。ねえ、みんな。応援《おうえん》するよね」

「するで、するで！」

「チューターはん、がんばりや」

「調子《ちょうし》にのってるイマドキのやつらに負《ま》けてたまるか！」

いつのまにかチューターのポケットに入《はい》っていたけん玉《だま》も、

「ぼくっち、がんばっちゃう！」

と高《たか》い声《こえ》で宣言《せんげん》する。

あははは。あははは。笑《わら》い声《ごえ》がうずまいた。

「みんな！　こうして相談《そうだん》しているだけで、なんだか楽《たの》しくなりませんか？」

リカオのことばに、あちこちから歓声《かんせい》があがった。

「おお、そうやな」

「なんか、ワクワクしてきたで！」

チューターが調子《ちょうし》にのって、こぶしを高《たか》くつきあげた。

「おーし！　おれ、やっちゃおっかな！」

がっちゃんが、ホネホネの白《しろ》い指《ゆび》で、チューターのおでこをつついた。

「チューターはんにもらわれて、けん玉《だま》も幸《しあわ》せなやつや。おおきに」

リカオが静《しず》かに宣言《せんげん》した。

「チューターくん、みんなが応援《おうえん》します。そのけん玉《だま》で、ヒラタケくんに勝負《しょうぶ》をいどんで、勝《か》ってください！」

チュータが、急《きゅう》に両手《りょうて》で顔《かお》をおおった。

「あー、やっぱ、おれ、どうしよ」

わたしはそのせなかをパーン！　とたたいた。

「だいじょうぶ。ヒラタケに勝《か》っちゃいなよ！　わたしも応援《おうえん》するからさ」

チュータはたちまち復活《ふっかつ》した。単純《たんじゅん》ってステキだ。

「え！　えっちゃんも?!　おーし、おれ、がんばるでござんす。ヒラタケには、けん玉《だま》をほうられたり、かくされたり、さんざんやられたんだ。あいつに勝《か》って、むぎゅうといわせてやる！　でござんす」

わーっ！　とあたりのつくも神《がみ》がどよめいた。

チュータは、目《め》をうるうるさせながら、さっそくけん玉《だま》をにぎって、おっと、おっとっと、って練習《れんしゅう》をはじめた。けん玉《だま》からは、きゃっきゃと楽《たの》しそうな声《こえ》が聞《き》こえる。

だけど……ほんとに勝《か》てるのかなあ。

そのとき、わたしだけに聞《き》こえるように、リカオが小声《こごえ》でいった。

「ぼく、チュータくんに勝《か》ってほしいんです」

そうか。リカオも、チュータがヒラタケにいじめられてること、気《き》になってたんだね。だから、チュータのことも、みんなのことも考《かんが》えて――すごいなあ。

わたし、あらためてリカオにほれぼれしちゃった。


そのとき、いかにも重《おも》そうな古《ふる》いかき氷機《ごおりき》が、ぬうっと顔《かお》を出《だ》した。

「ごほげほごほ。わしも、かき氷《ごおり》のうまさじゃ負《ま》けへんのに、電動《でんどう》のやつにとってかわられて、くやしいから、勝負《しょうぶ》したいんやけど」

「おや」と、リカオがメガネを指《ゆび》でくっとあげた。

「きみはふだん、どこにいるんですか？」

「わしなあ、小学校《しょうがっこう》のすぐ近《ちか》くにある、まんぷく食堂《しょくどう》の物置《ものおき》のなかにおるねん。すてられへんだけ、ええんかもしれんけど、さびしゅうてなあ。せめて味《あじ》だけは、電《でん》動《どう》なんかに負《ま》けてへんって、おやじさんにみとめてほしいねん。いいや、せめてもう一回《かい》、おやじさんにこのハンドルを回《まわ》してほしいねん」

「その気《き》持《も》ち、わかるで～」

ぴっちゃんが、リカオに手《て》を合《あ》わせた。

「リカオはん、たのむわ。なんとかしたってぇや」

「そうですねえ」

リカオは、あごに手《て》をあてて少《すこ》しのあいだ考《かんが》えていた。そして、

「ぼくも、電《でん》動《どう》とむかしながらのかき氷《ごおり》機《き》と、どちらがおいしいか比《くら》べてみたいし、じゃ、けん玉《だま》勝《しょう》負《ぶ》のつぎは、かき氷《ごおり》機《き》さん、勝《しょう》負《ぶ》してみますか」

かき氷《ごおり》機《き》が、ゴリゴリゴリッと、かたそうなうでをつきあげた。

「もちろんや！　わし、ふだんのくやしい気《き》持《も》ちを全《ぜん》力《りょく》でぶつけるで」

なかまたちが、声《こえ》をはずませた。

「おお、いけいけ！」

「みんなで応援《おうえん》するからな！」

満月《まんげつ》が校庭《こうてい》をてらしている。

つくも神《がみ》たちは、ますますもりあがって、満月《まんげつ》の下《した》で歌《うた》い、そしておどりだした。

♪うれしーな、うれしーな。

チュータはんが、けん玉勝負《だましょうぶ》。

かき氷機《ごおりき》も電動《でんどう》なんかに負《ま》けへんで～。

きっと勝《か》つ勝《か》つ、きっと勝《か》つ勝つ、大《おお》もりカツ丼《どん》、食《く》いまくれ～。

うれしーな、うれしーな。

みんなで応援《おうえん》しまっせ～！

6　いざ、勝負《しょうぶ》！

その次《つぎ》の朝《あさ》、教室《きょうしつ》に入《はい》ったチューータは、満月《まんげつ》の夜《よる》のいきおいそのままに、ヒラタケのそばにつかつかと歩《あゆ》みよった。

「あのう、じゃなくて、お、おい、ヒ、ヒラタケ！」

ヒラタケが、大《おお》きな声《こえ》でからかった。

「なんだよ！　チューータ！　チューーチューーチューータ！」

「お、おれは、もうおまえなんかに負《ま》けないからな」

少《すこ》しうしろで、わたしは手《て》にあせをにぎって応援《おうえん》する。チューータがんばれ、チューータ負《ま》けるな――。

「はあ、負《ま》けないだと？　じゃあかかってこいよ」

ヒラタケが両手《りょうて》を広《ひろ》げ、大《だい》の字《じ》に立《た》った。そのくちびるは、バカにしたようにゆがんでいる。

チュータがポケットからけん玉《だま》を取《と》りだした。

「ケンカするんじゃねーよ。おまえと正々堂々《せいせいどうどう》、けん玉《だま》で勝負《しょうぶ》するんだ！」

ヒラタケが、ふふん、と鼻《はな》で笑《わら》った。

「力《ちから》じゃ勝《か》てねえから、けん玉《だま》かよ。まあ、いい。受《う》けてたってやる。おれが負《ま》けるわけないけどな」

「おーし。じゃあ、連続何回《れんぞくなんかい》、けんに玉《たま》をさせるかで、勝負《しょうぶ》だ。もしおれが勝《か》ったら、二度《にど》とおれのけん玉《だま》にちょっかい出《だ》すな！　約束《やくそく》しろ！」

「おうおう。負《ま》けるって決《き》まってんのに約束《やくそく》ってか。まあいい、約束《やくそく》してやるよ。そのかわり、負《ま》けたら、けん玉《だま》をゴミ箱《ばこ》にすてて、おれのけらいになれ」

なにを！　とチューータはいいかけて、くちびるをギュッとむすんだ。

「いいよ。おれ、ぜったい負《ま》けねーから」

ヒラタケが、まわりの男子《だんし》に声《こえ》をかけた。

「おい、みんな。今《いま》からおれたち、けん玉《だま》の勝負《しょうぶ》すっから、こいつがズルしないように、ちゃーんと見《み》ていてくれよな」

ふたりはけん玉《だま》を手《て》にしてにらみあう。

いくぞ、よっ、はっ、それっ。チュータもヒラタケもしんけんそのもの。

一回《かい》、二回《かい》……十回《かい》、十一回《かい》。ふたりともさすがのうでまえだ。

ハラハラどきどきしながら見《み》ていると、ついに、

「あああ――――!!」

と悲鳴《ひめい》があがって、ヒラタケの玉《たま》が、だらんとぶらさがった。

「やったあ!」

わたしは、となりに立《た》っていたリカオに思《おも》わずとびついて、あわててはなれた。

リカオは、しらん顔《かお》。まだがんばっているチューターから目《め》をはなさない。
二十八、二十九、三十――みんなが声《こえ》をそろえ、数《かず》を数《かぞ》える。

「ギネス、ねらえ！」なんて声《こえ》も飛《と》ぶ。
そのとき、「あっ！」と、チュータが顔《かお》をゆがめた。
でも、玉《たま》は、ひゅうんと飛《と》んで、けんにスポッとささった。
「な、なに、今《いま》の技《わざ》」
ヒラタケは、あんぐり口《くち》をあけている。
チュータは四十回《かい》で手《て》を止《と》めて、ヒラタケの真《ま》ん前《まえ》に立《た》った。
「おい、ヒラタケ、

約束《やくそく》まもれよな！　ん？　おれ、どんな約束《やくそく》したっけ？」

あははは、あははは。

クラスのみんなが笑《わら》った。リカオもわたしも、そしてチューターまでいっしょになって笑《わら》った。

ヒラタケがチューターをうっとりと見《み》た。

「まじ、すげえ。これからはチュータくんのこと、アニキとよばせてもらうでござんす」

「ア、アニキなんて、とんでもねえぜ、ヒライくん」

チュータが、ヒラタケの肩《かた》をポンポンとたたいた。

ずいぶんいじめられてたくせに、もういいわけ？

ほんと、チュータって、おひとよしのおバカで、でも……やったね。


その日《ひ》の帰《かえ》り道《みち》。

「ぼく、ちょっと回《まわ》り道《みち》をして、お店《みせ》をのぞいてみようと思《おも》います」

公園《こうえん》の角《かど》で、リカオがそんなことをいいだした。

「お店《みせ》って？　あ、もしかして、かき氷機《ごおりき》があるお店《みせ》？」

リカオがこくりとうなずく。

「じゃ、ごいっしょに」

わたしがほほえむと、チュータも、

「もっちろん、おれも行《い》くでござんす」

と、足《あし》なみをそろえた。

やってきたまんぷく食堂《しょくどう》は、かわら屋根《やね》の、いかにも古《ふる》そうな店《みせ》だった。

ガラガラと引《ひ》き戸《ど》をあけ、なかをのぞく。

かべにはられた紙《かみ》には、『親子丼《おやこどん》』『きつねうどん』『とんかつ定食《ていしょく》』などなど、おいしそうなメニューが書《か》かれている。ランチの時間《じかん》が終《お》わったみたいで、店《みせ》のなかに、お客《きゃく》さんはだれもいなかった。

「いらっしゃい！」

わたしたちに気《き》がついて、しらが頭《あたま》のおやじさんが、おくから出《で》てきた。

「あの、ぼく、おねがいがあるんです」

リカオが、ためらいがちにそういうと、おやじさんはこしをかがめた。

「うん、どした？」

「あの、以前《いぜん》ここに、手《て》で回《まわ》すかき氷機《ごおりき》があったと聞《き》いたんですが」

「あるけど、今《いま》は電動《でんどう》でな。もう使《つか》ってねえんだ。それがどうかしたかい？」

そこでリカオは、ぽつりぽつりと説明《せつめい》を始《はじ》めた。電動《でんどう》と手動《しゅどう》のかき氷《ごおり》の味《あじ》を食《た》べ比《くら》べて、論文《ろんぶん》を書《か》きたいと思《おも》っていること。手動《しゅどう》のかき氷機《ごおりき》がなかなかないこと、ここにあるなら協力《きょうりょく》してほしい――と。

おやじさんが、大《おお》きくうなずいた。

「へえ。おもしろそうじゃねえか。よし、その話《はなし》、乗《の》った！」

そして土曜日《どようび》の夕方《ゆうがた》。

わたしたち三人《にん》は、ふたたびまんぷく食堂《しょくどう》をたずねた。

はしっこのテーブルに、かき氷機《ごおりき》がふたつならんでいる。

ひとつはもちろん電動《でんどう》だ。そして見《み》るからに古《ふる》そうなかき氷機《ごおりき》は、満月《まんげつ》の夜《よる》に校庭《こうてい》で出会《であ》った、あのかき氷機《ごおりき》そのものだった。

「じゃあ、はじめようか」

おやじさんが氷《こおり》を準備《じゅんび》して、新《あたら》しいほうのスイッチをポンとおした。

ウイーン、ジャジャジャリジャリ、ジャジャジャジャリ、ウイーン。

あっという間《ま》に山《やま》のようにかき氷《ごおり》ができていく。

「ほれ、そこにシロップがあんだろ。それかけて、食《た》べときな」

「はーい!」「いっただっきまーす」

大《おお》きな口《くち》をあけ、パクッと食《た》べる。歯《は》にキーンとしみる。うーん、おいしい。

そんなあいだに、おやじさんは、手《て》ぬぐいをねじって頭《あたま》にまき、古《ふる》いかき氷機《ごおりき》のハンドルをにぎった。
「さあ、けずるぞー」
力《ちから》をこめて、ぐるぐると
ハンドルを回《まわ》す。
ゴリゴリ、ガリガリ、
ゴリゴリ、ガリガリ。
とうめいな氷《こおり》の
かたまりが、雪《ゆき》のように
白《しろ》い、ふわふわのかき氷《ごおり》に
なって、器《うつわ》にこんもりと
山《やま》になる。
「はいよ、いっちょあがり！
にちょうあがり……」

おやじさんの声《こえ》がひびく。

わたしたちは、またまたそれにシロップをかけて、スプーンをつっこんだ。

リカオは食《た》べながら、ノートにもくもくと書《か》いている。

のぞくと、「・見《み》た目《め》・味《あじ》・舌《した》ざわり・とける速《はや》さ・色《いろ》」そんな項目《こうもく》が書《か》いてあって、大《おお》まじめに点数《てんすう》をつけていた。

そして、満足《まんぞく》げにうなずいて、にっこりと笑顔《えがお》になった。

「ぼく的《てき》には、古《ふる》いほうの勝《か》ちですね」

チューターが、

「あれえ、おれ、どっちがどうって、わかんねー」

なんて、いかにもチューターらしい意見《いけん》をいった。

「そうかなあ。わたしは、古《ふる》いほうがだんぜんおいしい」

おやじさんが、はちまきをはずして、しずかに口《くち》をひらいた。

「ありがとよ。手間《てま》がかかるぶん、やっぱりうまいんだよな。おれも、けずってて、かき氷《ごおり》はこうでなくっちゃな、って思《おも》っちまったし、よし、今年《ことし》の夏《なつ》は、こいつでがんばるとするか」

おやじさんが、かき氷機《ごおりき》をポンッとたたいた。

「ううっ、おやじさん……」

あらら、かき氷機《ごおりき》がうれし泣《な》き。もちろん、おやじさんには聞《き》こえないけど。

いつの間《ま》にやってきたのか、食堂《しょくどう》のあちこちで、つくも神《がみ》がうかれておどりだしている。

ぴっちゃんも、ひゅんひゅん、てんじょうを飛《と》んでいる。

♪うれしーな、うれしーな。

かき氷機《ごおりき》も勝《か》ったで〜、ほいほい。カツ丼《どん》おかわりたのんます〜。

ええやん、ええやん、この調子《ちょうし》。どんどん応援《おうえん》しまっせ〜！

7　そして、おばあちゃんのたたかい

ある日《ひ》、駄菓子屋《だがしや》に行《い》くと、おばあちゃんが頭《あたま》をかかえていた。

「おばあちゃん、どうかしましたか？」リカオがきいた。

「ああ……こんにちは。あのね、うちのむすこが、きのうここにきて、このそろばんを手《て》にしてねえ」

おばあちゃんは、そろちゃんがついているそろばんをやさしくなでた。

「そろばんでことが足《た》りるような店《みせ》なんかやめろ。今《いま》は、電子《でんし》マネーの時代《じだい》なんだ。そもそも駄菓子屋《だがしや》なんて時代《じだい》おくれだ、引退《いんたい》しろ。おれがここでもっともうかる店《みせ》をする、っていうんだよ」

「えー、駄菓子屋《だがしや》やめちゃうんですか？」

「やめたくないけど、どういったらむすこが納得《なっとく》するか、わからなくてねえ」

こまった、こまった、とおばあちゃんはくりかえす。

うーん。リカオが首《くび》をひねった。なにか考《かんが》えているみたい。

うーん。チュータも首《くび》をひねった。ぜったいなにも考《かんが》えていない。

「お店《みせ》がもうかったら、やめなくていいんですか？」

わたしがたずねると、おばあちゃんは首《くび》を横《よこ》にふった。

「むすこはそうかもしれないけど、わたしは、それだけで考《かんが》えてほしくないの。こうして子《こ》どもたちがきてくれるここは、わたしのたからものなんだよ」

そこへウワサのむすこが、がらりとガラス戸《ど》をあけて入《はい》ってきた。おおがらで、大《おお》きな鼻《はな》のあながめっちゃ目立《めだ》つ。あごには、もじゃもじゃとひげをはやしていて、ちょっとこわそうな人《ひと》だ。

「かあさん。気持《きも》ちは決《き》まったかい。おれだって都合《つごう》があるんだから、さっさと決《けっ》心《しん》してくれよな」

おばあちゃんはそろばんをなでながら、ぽそりとつぶやいた。

「わたしは、やめたくないんだけど」

おじさんが、大《おお》きな鼻《はな》のあなをいっそうふくらませた。

「やめたくないって、そんなわがままだけで店《みせ》を続《つづ》けてどーすんだい」

リカオが小声《こごえ》でつぶやいた。

「わがままじゃない……と、ぼくは思《おも》います」

おじさんが、リカオをキッとにらむ。

おばあちゃんが背《せ》すじをのばして、リカオの肩《かた》をだいた。

「わたしはね、ずっとここで、この場所《ばしょ》で、子《こ》どもたちに駄菓子《だがし》を売《う》ってきたんだよ。ここのなにもかもが、大事《だいじ》なんだよ。あんただって、放課後《ほうかご》はいつもここにいたんじゃないの。ここが大好《だいす》きだったじゃないの」

「だからといって、もうかりもしないのに――」

「わたしはねえ、もうからなくてもいいから、この店《みせ》をやっていたいの」

「はあ？　もうからなくていい？　まったく、かあさんにはあきれるよ」

「あんたに、めいわくはかけないよ」

とつぜん、ポケットのなかで、えんぴつがもごもご動《うご》き、ぴっちゃんが、ロケットみたいにとびだしてきた。

「もおー。おれさま、イライラしてきた。このさい、このおっちゃんとおばあちゃんにも勝負《しょうぶ》してもらおうや。つくも神勝負《がみしょうぶ》、その三や」

そのとたん、おばあちゃんが、くっと顔《かお》をあげた。同時《どうじ》に力強《ちからづよ》い声《こえ》がひびく。

「やったろうやないの！」

その声《こえ》、ド迫力《はくりょく》。おばあちゃん、すごっ！　と思《おも》ったら、おばあちゃんのすぐうしろで、そろちゃんが、そろばん玉《だま》みたいなこぶしをあげていた。

「うち、おばあちゃんといっしょにたたかって、この店《みせ》、まもるで！」

それを聞《き》いて、リカオがおじさんの前《まえ》に出《で》た。

「あの。話《はなし》をつけたいなら、おばあちゃんと勝負《しょうぶ》したらどうですか？」

おじさんが、鼻《はな》で笑《わら》った。

「ふふん、なんの勝負《しょうぶ》かしらないけど、かあさんは八十近《ちか》いんだよ。なにをやったって、おれの勝《か》ちだよ」

「じゃあ、おじさんは電卓《でんたく》、おばあちゃんはそろばんで、計算《けいさん》の速《はや》さと正確《せいかく》さを競《きそ》うってどうでしょう」

「ぶははは！　ばからしい。けどまあ、きみもお客《きゃく》さんだから、顔《かお》をたてて、いうとおりにしようじゃないか。そのかわり……」

そこでおじさんは、おばあちゃんのほうをむいた。

「おれが勝《か》ったら、かあさんもこの店《みせ》のこと、あきらめてくれよな」

おばあちゃんが、くちびるを一本《ぽん》に結《むす》んだ。

「わかったよ。だけどわたし、あんたには負《ま》けないから」

というわけで、勝負《しょうぶ》の日《ひ》は一週間後《しゅうかんご》、土曜日《どようび》の夕方《ゆうがた》四時《じ》から、と決《き》まった。

リカオが読《よ》みあげる足《た》し算《ざん》だけの勝負《しょうぶ》だ。


いよいよ土曜日《どようび》。勝負《しょうぶ》のときがきた。

駄菓子屋《だがしや》の店《みせ》のなかに、わたしたち三人《にん》と、おばあちゃんとおじさん。そしてイスや、たなのかげには、いろんなつくも神《がみ》のすがたが見《み》えかくれしている。

「さて、おじさんもおばあちゃんも、準備《じゅんび》はいいですか？」

リカオが、こほん、と小《ちい》さくせきばらいをした。

「おお、準備《じゅんび》もくそもあるもんか。楽勝《らくしょう》だ、楽勝《らくしょう》」

おじさんは自信《じしん》まんまん。にやにや笑《わら》いながら、電卓《でんたく》を手《て》にイスにすわった。

おばあちゃんは、かたい顔《かお》で、そろばんを店先《みせさき》のカウンターに置《お》く。

この一週間《しゅうかん》、おばあちゃんは、必死《ひっし》にそろばんの練習《れんしゅう》をした。そして、おばあちゃんは気《き》がついていないけど、そろちゃんももうれつにがんばった。

おばあちゃんの指先《ゆびさき》が動《うご》くよりはやく、そして正確《せいかく》に――。

「では、勝負《しょうぶ》をはじめます！」

リカオの声《こえ》に、その場《ば》の空気《くうき》がピリッとふるえた。

「ねがいましては〜、五足《た》す十八足《た》す百二足《た》す——」

パチパチ、パチパチ、そろばんが、もうれつなスピードで動《うご》く。

おじさんは、電卓《でんたく》のキーをたたきながら、よゆうありげに鼻《はな》の頭《あたま》をかいた。

「三十六足《た》す二足《た》す六十六足《た》す……ゼロ。はいおわり」

そのとたん、

「あっ、しまった！」

と、おじさんが口走《くちばし》った。おばあちゃんは、「んんっ」と、前《まえ》のめりになりながら、なんとか指《ゆび》を止《と》めた。

「では、えっちゃん、両方《りょうほう》の答《こた》えを教《おし》えてください」

リカオが、おさえた声《こえ》でたずねた。

はいはい、とわたしは、おじさんの電卓《でんたく》をのぞく。

「おじさんは、千四百二十三」

つぎに、おばあちゃんのそろばんを見《み》せてもらった。

「えっと、おばあちゃんは千四百二十一」

チュータが、うっ、とのどをつまらせた。

「答《こた》えがちがうじゃん！　どっちが正解《せいかい》なんだ？」

リカオが、ほこらしげにむねをはった。

「正解《せいかい》は、千四百二十一です」

「やったあ！」

チュータがはねた。わたしは思《おも》わず拍手《はくしゅ》した。ぴっちゃんが、ひゅううとアーケードの屋根《やね》まで飛《と》んだ。

息《いき》をつめて見《み》ていたつくも神《がみ》たちが、ぴょんぴょんはねた。

おばあちゃんは、目《め》をぱちくり。

「あらあ、わたしの勝《か》ち？　信《しん》じられないけど、うれしい……」

みるみる、その目《め》にはなみだがあふれ、それはそれはうれしそうに、そろばんをだきしめた。

「ありがとうね。なんだか、わたしがそろばんを使《つか》ってるというより、そろばんが、勝手《かって》に計算《けいさん》してくれてるようだったよ」

「うわあ、おばあちゃんが『ありがとう』やて！　うち、うち、うれしすぎ！」

そろちゃんが高《たか》い声《こえ》でさけび、ぴっちゃんとうでを組《く》んで、おばあちゃんのまわりをクルクル回《まわ》った。

つくも神《がみ》たちも、ハイタッチをしたり、ハグしあったり、おどりだしたり。

そんなさわぎをよそに、おじさんは、苦虫《にがむし》をかみつぶしたような顔《かお》で、さっさと店《みせ》から出《で》ていった。そのうしろすがたに、おばあちゃんが、

「約束《やくそく》はまもっておくれよ！」

と声《こえ》をかけたけど、おじさんはふりかえらなかった。

でも、とにもかくにも、これで一件落着《いっけんらくちゃく》だね。


つぎの満月《まんげつ》の夜《よる》、わたしたちは、また集《あつ》まった。

つくも神《がみ》たちも、この三本勝負《ぼんしょうぶ》の結果《けっか》に、

「やったらできる、やったらできる」

と、声《こえ》をそろえて大合唱《だいがっしょう》。

かき氷機《ごおりき》が、わたしたちの前《まえ》に立《た》って、深々《ふかぶか》と頭《あたま》を下《さ》げた。

「えっちゃん、リカオはん、チューターはん。うれしかったで〜。おおきに！」

そろちゃんも、ふわりと舞《ま》うようにそばにきて、歌《うた》うような声《こえ》でいった。

「うちも、おばあちゃんの役《やく》に立《た》ててうれしかったわあ」

がっちゃんが、ぴっちゃんの肩《かた》をだく。

「わしらも、まだまだ捨《す》てたもんやないな」

「ほんまや。まだまだいける」

ぴっちゃんもごきげんだ。

よかったよかった。

さあみんな、満月《まんげつ》にむかって両手《りょうて》を広《ひろ》げて、パワーをいっぱいもらって、そして
だれかを応援《おうえん》しようね。

8 そりゃもう、おばけの出番《でばん》でしょ

ところがところが。ある朝《あさ》、教室《きょうしつ》に入《はい》ったとたん、リカオの席《せき》にチュータとメンタローが集《あつ》まっていた。

「おっはよ。どしたの？」

わたしは、チュータの頭《あたま》をペチッとたたく。

「えっちゃん、あのおじさんが、またきてさ……」

メンタローがひたいにしわを寄《よ》せた。

「あのおじさんって、まさか、あの……」

「そう、あのおじさんが、またまた、駄菓子屋《だがしや》やめろっていってんだって」

「なにそれ」

わたしがまゆを寄《よ》せると、チューターが話《はなし》をついだ。

「おとなのくせに約束《やくそく》をまもらないなんて、信《しん》じられねーな」

メンタローがぼそぼそと、つづきを話《はな》した。

「子《こ》どもにいわれて計画《けいかく》をあきらめるなんて、そんなバカなことができるか、っていったんだって」

リカオが、はー、と頭《あたま》をかかえた。

「それにさ、けさ家《いえ》を出《で》るとき、ヘルメットかぶったおじさんたちが、駄菓子屋《だがしや》の前《まえ》で、図面見《ずめんみ》ながら相談《そうだん》してたんだ」

「えー――!!」

三人《にん》そろってびっくりした。

「とにかく……とにかく、おばあちゃんに話《はなし》を聞《き》かなきゃ」

わたしがそういうと、チューターもリカオも「あー」とうなだれた。

「今日《きょう》はおれ、かーちゃんと買《か》い物《もの》いくんだ」

「ぼくも予定《よてい》があって」

じゃあ、あした、といいかけたらリカオがわたしの目《め》をじっと見《み》た。

「えっちゃん、悪《わる》いけど今日《きょう》行《い》って、話《はなし》を聞《き》いてきてくれませんか」

リカオにたのまれて、ノーっていえるわけがない。

わたしは、ふたつ返事《へんじ》で、「もっちろん。まかせて！」と笑顔《えがお》を見《み》せた。

下校《げこう》して、家《いえ》にカバンを置《お》くとすぐ、わたしは駄菓子屋《だがしや》にむかった。

入《い》り口《ぐち》で、おばあちゃんが、ヘルメットをかぶったおにいさんふたりと、立《た》ったまま話《はなし》をしていた。そしてわたしに気《き》がついて、

「あ、お客《きゃく》さんだから、ちょっとあとにしてちょうだい」

と、その人《ひと》たちにいった。

「じゃ、またきますんで」

おにいさんたちは、小《ちい》さく頭《あたま》をさげて店《みせ》から出《で》ていく。

おばあちゃんは、あーあ、とため息《いき》をつきながら、丸《まる》イスにこしをおろした。

「ごめんねえ。もしかして、心配《しんぱい》してきてくれたの？」

「あ、はい」

「じつはね、むすこが、ここをおばけやしきカフェにするっていうんだよ。このあたり、シャッター商店街《しょうてんがい》でうす暗《ぐら》いでしょう。だから、ぶきみなふんいきをわざとつくって、おばけやしきカフェにしたら、きっと話題《わだい》になるって」

なるほど、って、へんに感心《かんしん》した。

だって、おばけやしきって聞《き》いただけでおもしろそうだもの。

「むすこがいうにはね。おばけにばけた人《ひと》が、お客《きゃく》さんをびっくりさせたり、ドラキュラのふんそうをしてコーヒーを出《だ》したりするんだって」

おばあちゃんが肩《かた》を落《お》とす。

「やるのは勝手《かって》だけど、ここでなくって、よそでやりゃあいいじゃないねえ」

カウンターには、ピンクのそろばんが置《お》いてある。そこにうっすらと、そろちゃんが見《み》える。そろちゃんが泣《な》いている。ぴっちゃんがポケットから、ふわんと飛《と》び出《だ》して、そろちゃんのかたそうな頭《あたま》を、よしよしとなでた。

ふん。なにが、おばけカフェよ。しょせんニセモノじゃん。わたしたち、ホンモノと友《とも》だちなんだからね——。

ハッとひらめいた。そうだ、ホンモノに活躍《かつやく》してもらっちゃえばいいのだ。

わたしは、むねをはって、おばあちゃんに声《こえ》をかけた。

「だいじょうぶ。あのおじさん、カフェはやめるっていう気《き》がします」

おばあちゃんは、まゆがへの字《じ》のまま、ぎこちない笑顔《えがお》をむけた。

「なぐさめてくれて、ありがとね」

いえいえ、なぐさめじゃありませんよ～。

ほくそ笑《え》みながら、わたしは家《いえ》にもどった。つくえにむかい、ポケットからえんぴつを出《だ》す。

「ねえ、ぴっちゃん」

話《はな》しかけると、すぐにぴっちゃんがあらわれた。

「えっちゃんの考《かんが》えてること、わかってるで～。それには、おれさまの、いや、みんなの協力《きょうりょく》が必要《ひつよう》、やろ？」

「うんうん。さすがぴっちゃん！」

おだてると、ぴっちゃんは、ひゅうとてんじょうまで飛《と》び、そのまま窓《まど》の外《そと》に飛《と》び出《だ》し、そして、すぐにもどってきた。

「満月《まんげつ》まで待《ま》ってられへんから、カラスにたのんできた」

「ん？　なにを？」

「そやから！」

ぴっちゃんがイラッとして、声《こえ》をあらげた。

「決《き》まってるやろ！　みんなで駄菓子屋《だがしや》をまもるんや！」

そうだよね、そうだよね。さすがぴっちゃん。ありがとね〜。


そして、よく日《じつ》の土曜日《どようび》。

わたしたち三人組《にんぐみ》は、ぴっちゃんにいわれるまま、こっそりと駄菓子屋《だがしや》をのぞいた。店《みせ》のなかには、おばあちゃんはいなくて、あのおじさんと、ヘルメットをかぶった人《ひと》がふたり、と思《おも》ったら――。

ややや！　てんじょうに、なにかがはりついてる。

ややや！　イスの下《した》にも、なにかがひそんでいる。

ややや！　ややや！

小《ちい》さなお店《みせ》のあちこちに、いろんなつくも神《がみ》がかくれている。

「みんな、商店街《しょうてんがい》におるなかまばっかりや。さあ、見《み》といてや！」

ぴっちゃんが、ひゅうと飛《と》んで、「それっ」と、細《ほそ》い手《て》をふりおろした。

たちまち、ヘルメットが宙《ちゅう》にうく。たなの上《うえ》の駄菓子《だがし》の箱《はこ》がドサッと落《お》ちる。

「オニは〜、外《そと》〜」

ぴっちゃんが歌《うた》いながら、三人《にん》にマーブルチョコをなげつける。

「うわっ」「いたたっ！」

「この店《みせ》、どうなってんだ?!」

カウンターの上《うえ》にある電卓《でんたく》が、だれもいないのに（ほんとはいるけどね）、床《ゆか》に落《お》ちた。天井《てんじょう》からつりさげられたはだか電球《でんきゅう》が、点滅《てんめつ》する。そろちゃんも、そろばんの玉《たま》をカチャカチャならす。

「あの、あの……ここって、もともとおばけやしきなんですか？」

「そ、それなら、工事《こうじ》しなくても……」

くじびき
BOX
コインチョコ

ヘルメットをかぶったふたりがそういうと、おじさんは、にんまりと笑《わら》った。

「なにこわがってんだ。もしかして、ここにはホンモノがいる、ってか？　そうだったら、まさに、おばけやしきカフェにぴったりじゃないか」

それを聞《き》いたとたん、つくも神《がみ》たちがかたまった。

そろちゃんが、両手《りょうて》で顔《かお》をおおう。

「えー、うちら、やりすぎたん？　アホ？　ドジ？」

「ヤバい！」とさけんで、リカオが店《みせ》のなかにかけこんだ。

「すみません、ごめんなさい！」

そういって、おじさんにぺこぺこと頭《あたま》をさげている。

「ぼく、おばあちゃんの気持《きも》ちをしってるから、おじさんにあきらめてほしかったんです。それで、知恵《ちえ》をしぼって、いろいろしかけを……」

わたしもチューータも、つくも神《がみ》たちも、そしておじさんたちまで、みんな、ポカーンと口《くち》をあけた。

9　ぴっちゃん、やったね

「ちょ、ちょっと、どういうこと？」

「おれ、わけわかんねー」

「いいから、いいから。じゃ、おじさん、ごめんなさい、さよなら！」

にらみつけるおじさんから、にげるように店《みせ》をはなれた。商店街《しょうてんがい》をぬけて、だれもいない公園《こうえん》にとびこむ。

頭《あたま》のうえを一羽《わ》のカラスが、アホー、アホーと鳴《な》きながら飛《と》んでいった。

「はー、こわかった」

リカオが、ぶるっと身《み》ぶるいをして、

「だけどね。ああいうしかなかったんです」

といった。

「ああいうしかなかった?」わたしは、首《くび》をかしげる。

「だって、おじさんが今日《きょう》のことをおばあちゃんに話《はな》したら、おばあちゃん、そろちゃんの声《こえ》のこともあるから、ああ、やっぱり、店《みせ》にはなにかいるんだ、って思《おも》いますよね」

「なーるほど!」わたしとチューターの声《こえ》が重《かさ》なった。

「だけど、おじさんたちは、もともとホンモノがいるとは思《おも》ってなかったから、ぼくがしかけをしたといったら、あっさり信《しん》じたんです」

「さっすがあ!」また、わたしとチューターの声《こえ》が重《かさ》なった。

「ありがとう。しかし、このあとどうするかが……」

「ほんとだねー。ぴっちゃん、なんとかしようよ、わたしたちの力《ちから》でさ」

ぴっちゃんが、ふわんとあらわれて、わたしにすりよった。

「おれさま、そろちゃんのためやったら、なんでもやりまっせ!」

チュータが、ズバッとつっこんだ。

「なんでもやるって、ぴっちゃん、なにができんだ？」

「はあ？　そのいい方《かた》、しつれいやろ」

ひとりと一ぴきのつまんない話《はなし》をムシして、リカオは考《かんが》えていた。そのメガネがきらりと光《ひか》る。

「おばあちゃんが、お店《みせ》をつづけるためには……」

そうつぶやいて、わたしをじっと見《み》つめる。

「え、な、なに？」

ま、まさかこのシーンで愛《あい》の告白《こくはく》――なーんてあるわけないし。

「今度《こんど》は、えっちゃんとぴっちゃんで、あのおじさんと勝負《しょうぶ》しますか？」

「勝《か》ったって、あのおじさん、ダメでしょ」

「うーん、たしかに」

さすがのリカオもだまりこくった。

「あ、おれさま、思《おも》い出《だ》した！」

とつぜん、まぬけな声《こえ》がひびいた。

「どしたの、ぴっちゃん」

「えっちゃん、紙《かみ》ない？　紙《かみ》！」

ぴっちゃんが、やたらせかす。リカオが、いつも持《も》ち歩《ある》いているらしいメモ帳《ちょう》をポケットから出《だ》した。

とたんにぴっちゃんはえんぴつになって、絵《え》をかきはじめる。

スラスラ、スイスイ、おとくいの似顔絵《にがおえ》だ。

小学生《しょうがくせい》かな、男《おとこ》の子《こ》がふたり。そのうちのひとりは……なんか、鼻《はな》の穴《あな》、大《おお》きいけど??

「あっ、もしかして、これ、あのおじさんじゃない?!」

「ガハハハ。鼻《はな》の穴《あな》でわかるよな」

リカオは、あごに手《て》をあてて、考《かんが》えている。

「なるほど、これがあのおじさんだとして、ぴっちゃんは子《こ》どものころをしってるってこと？もうひとりの少年《しょうねん》はだれ？」

ぴっちゃんが、空《そら》をあおいだ。

「ああ、なつかしいなあ」

ぴっちゃんの話《はなし》によれば、第《だい》二備《び》品《ひん》室《しつ》にいたその前《まえ》は、もうひとりの少年《しょうねん》、しげるくんが飼《か》い主《ぬし》だったらしい。

「おれさま、まだつくも神《がみ》になりたてでなあ。けど、しげるくんは頭《あたま》がようて、楽《たの》しかったで～」

ぴっちゃんが、イヤミったらしく、わたしをチラ見《み》する。

「んで、あのおっちゃんは、ゆきおくんゆうて、ふたりは

大《だい》のなかよしやったのに、一回《かい》だけ駄菓子屋《だがしや》で大《おお》げんかしたことがあってな」

思《おも》いがけないなりゆきに、わたしたち、ベンチに座《すわ》って、ぴっちゃんの話《はなし》を聞《き》くことにした。

「なかよしなのに、大《おお》げんか？」

わたしがたずねると、ぴっちゃんが、はりきってしゃべりだした。

「そやねん、そやねん。そのけんかっちゅうのがな――」


「それ、おばあちゃん、しってるのかな。絵《え》を見《み》せてきいてみようよ」

「お店《みせ》のなかの話《はなし》のようだから、しってる確率《かくりつ》は八十%《パーセント》かな」

「おれ、あのおじさんにいってやりたいぜ」

「じゃあ、もどろうね」

わたしたちは、そわそわいそいそと駄菓子屋《だがしや》にむかった。

店《みせ》に着《つ》くと、おばあちゃんが、駄菓子《だがし》のちらばった店《みせ》のなかをかたづけていた。

そして、あのおじさんもいた。カウンターにもたれてきげんが悪《わる》そうだ。

「ぼくのせいですみませんでした」

ガラス戸《ど》をあけてすぐ、リカオがあやまった。うしろで、ぴっちゃんも手《て》を合《あ》わせ、「すんまへん」とあやまっている。

「ううん、いいのよ。わたしのためにやってくれたんだってね。ありがとうね」

「んで、今度《こんど》はなんの用《よう》だ」

おじさんが、ぶっきらぼうにいった。

わたしは、ドキドキしながら、ぴっちゃんがかいた絵《え》を見《み》せた。

「あの、おばあちゃんも、おじさんも、これ……」

おばあちゃんが、見《み》るなりさけんだ。

「あら、ゆきおとしげるくんじゃない⁈」

そのことばにおじさんが反応《はんのう》した。

「しげる?」

まゆをぴくりと動《うご》かして、
絵《え》をのぞきこむ。その顔《かお》が
いっぺんにやわらかくなった。
「おお、目《め》がくりっとして、
かしこそうで、うん、
よく似《に》てる。高校《こうこう》でべつべつに
なったけど、あいつ、今《いま》、
どうしてんのかなあ」
「いっつもなかよしで、あんた、
ここでよく宿題《しゅくだい》教《おし》えて
もらってたよね。そうそう、
一度《ど》だけ大《おお》げんかしたことが
あったじゃない」

おじさんが、「そうだ、そうだった」とうなずいた。

「しげるが、『駄菓子屋《だがしや》より、ケーキ屋《や》のほうがもうかるのに』なんていうからさ、おれ、頭《あたま》にきて」

おばあちゃんが、しんみりといった。

「そう。あんた『ここは、かあさんがだいじにしてる店《みせ》だ。もうかるとか、そんなこと、関係《かんけい》ない！』って、ムキになって……なのに、すっかりかわっちゃったね」

「ちっ。そういわれると、つらいな」

おじさんが、くるんと反対《はんたい》をむいて、わたしと目《め》が合《あ》った。

うっすらと赤《あか》いその目《め》をつっとそらして、てんじょうにむける。

しばらく、その場《ば》がしーんとして、それからおじさんはつぶやいた。

「この店《みせ》がなくなったら、思《おも》い出《で》もぜんぶ消《き》えるってことか……」

おばあちゃんが、

「わたしは、消《け》したくないんだよ」

と、ねんをおすようにいった。

「わかった」

おじさんは、わたしたちに背中《せなか》をむけ、ガラス戸《ど》をガラガラとあけた。

「おばけやしきカフェは、よそですする。じゃあな」

ガラス戸《ど》がガシャッと音《おと》をたてて、しまった。

その瞬間《しゅんかん》、わたし、思《おも》わずさけんでしまった。

「やったね、ぴっちゃん！」

おばあちゃんが、ん？　って感《かん》じで、リカオとチューターをこうごに見《み》た。

「どっちの子《こ》が、ぴっちゃん？」

ふたりは、いえいえ、と手《て》のひらをふる。

「あの、ぴっちゃんは、ちょっとふしぎなやつで、わたしのペットで……」

小声《こごえ》でいったのに、すかさず、「ペットとちゃう！」って声《こえ》がした。

んんん？　と、おばあちゃんが頭《あたま》をゆらせた。

「ふしぎなペット？　そうそう、ふしぎといえば、このごろ、わたしのそばに、目《め》に見《み》えないなにかがいるような気《き》がするの。でも、ちっともこわくないのよ。なんだかあったかーい、そんな感《かん》じでね」

おばあちゃんが、ほほをうっすらとピンクにそめて、それ以上《いじょう》にピンクがさえてるそろちゃんは、「うち、幸《しあわ》せや〜」と、その首《くび》にだきついた。

そのまわりを、ぴっちゃんがピースピースと黒《くろ》い指《ゆび》をつきたてて、ふわふわとういている。

「さあ、帰《かえ》ろっか」

わたしたちが「さよなら」といって手《て》をふると、おばあちゃんとそろちゃんも手《て》をふった。

ぴっちゃんが、ごきげんで空《そら》を飛《と》ぶ。

ひゅん、ひゅん、ひゅうん。

よかった、よかった。ぴっちゃんって記《き》憶《おく》力《りょく》いいんだね。意《い》外《がい》とね。

10　めでたしめでたし

それからぱたぱたと日《ひ》がすぎて、いつの間《ま》にか駄菓子屋《だがしや》もメンジローも大《おお》はやり。

どうしてかというと――じつは、ぴっちゃんが、校庭《こうてい》に集《あつ》まったつくも神《がみ》たちの似顔絵《にがおえ》をかいて、それを絵《え》がうまいメンタローにたのんで、小《ちい》さな紙《かみ》に書《か》き直《なお》してもらった。

ちなみに、自分《じぶん》の絵《え》だけは、実物《じつぶつ》とは似《に》ても似《に》つかない美《うつく》しい妖怪《ようかい》で。

「はあ？　だれこれ」

といったけど、ぴっちゃんはそしらぬ顔《かお》。

というわけで、つくも神《がみ》たちの絵《え》を駄菓子《だがし》のふくろのうらにはってみた。ちょっとしたおまけのつもり――が、このごろ学校《がっこう》でそれが大人気《だいにんき》。

メンタローも、それで自信《じしん》がついたみたいで、メンジローではつくも神《がみ》の絵《え》をカードにしてお客《きゃく》さんにプレゼント。つくも神《がみ》ラーメン、ってメニューまで考《かんが》えたらしい。

するとSNS《エスエヌエス》で少《すこ》しずつ話題《わだい》になって、このごろはメンジローの前《まえ》に行列《ぎょうれつ》ができてたりする。

駄菓子屋《だがしや》にも子《こ》どもたちが集《あつ》まっている。おばあちゃんは、前《まえ》よりずっと元気《げんき》そう。

「やっぱりわたしは、電卓《でんたく》よりそろばんが好《す》きだねえ」

にっこりにこにこ、パチ、パチとそろば

ん玉《だま》をはじいている。

もう前《まえ》みたいに金額《きんがく》がちがうってことはない。うん、そろちゃんもハッピーな毎《まい》日《にち》になったねえ。

というわけで、万事《ばんじ》めでたし、めでたし。

＊　＊　＊

今日《きょう》もわたしは、ごっきげん。

窓《まど》の外《そと》、青《あお》い空《そら》を見上《みあ》げながら、歌《うた》なんか歌《うた》っちゃったりして。

なんでかというと、リカオが、

「このごろ、えっちゃんといるから、毎日《まいにち》が新鮮《しんせん》です」

っていったんだもーん。

だから、わたしも、ぴっちゃんに、

「このごろ、ぴっちゃんといるから、毎日《まいにち》が新鮮《しんせん》だよ～」

っていってあげた。

そしたら、ぴっちゃん、「うれしーな、うれしーな」って、てんじょうまで飛《と》んではおりて、また飛《と》んで。

んとに、つくも神《がみ》って単純《たんじゅん》でおばかで――。

でもわたし、そこが好《す》きなんだよね。

もちろん、あいつにはそんなこと、ぜーったいいわないけどね。

作者：あんずゆき

広島県広島市生まれ。大阪府在住。日本児童文学者協会会員。
主な作品に『やんちゃ子グマがやってきた！』、『夏に降る雪』、『アゲイン』（以上フレーベル館）、『かがみのなかのボクとぼく』（文研出版）、『きみのなまえ』、『マオのうれしい日』（共に佼成出版）、『大坂城のシロ』（くもん出版）、『いのちかがやけ！　タイガとココア』、『まるこをすくった命のリレー』、『モンキードッグの挑戦』、『おれさまはようかいやで』、本書の前作『えんぴつは　だまってて』（以上文溪堂）などがある。

画家：たごもりのりこ

東京都品川区生まれ。千葉県在住。図書館員、骨董業を経て絵本作家に。主な作品に『へやぼしズボンさん』（BL 出版）、『まてまてまくら』（文研出版）、『ばけばけ町へおひっこし』、『ごっほんえっへん』（共に岩崎書店）、『たしますよ』（内田麟太郎・文　金の星社）、『そらうで』（もとしたいづみ・文、講談社）、挿絵に『はいくしょうてんがい』（苅田澄子・文　偕成社）、『ゆかいな 10 分落語』（山口理・文　文溪堂）などがある。

駄菓子屋をまもれ！　つくも神大作戦

2024 年　4 月　初版第 1 刷発行

作　者　あんずゆき
画　家　たごもりのりこ
発行者　水谷泰三
発　行　株式会社文溪堂
〒 112-8635　東京都文京区大塚 3-16-12
TEL（03）5976-1515（営業）（03）5976-1511（編集）
ぶんけいホームページ　https://www.bunkei.co.jp
装　幀　タカハシデザイン室
印刷・製本　図書印刷株式会社

ISBN978-4-7999-0537-1 NDC913/127p/216 × 151mm